Hmm, qué rica mosca

Derecho del texto © Evans Brothers Ltda. 2005. Derecho de ilustración © Evans Brothers Ltda. 2005. Primera publicación de Evans Brothers Limited, 2a Portman Mansions, Chiltern Street, Londres W1U 6NR, Reino Unido. Se publica esta edición bajo licencia de Zero to Ten Limited. Reservados todos los derechos. Impreso en China. Gingham Dog Press publica esta edición en 2005 bajo el sello editorial de School Specialty Publishing, miembro de la School Specialty Family.

Biblioteca del Congreso. Catalogación de la información sobre la publicación en poder del editor.

Para cualquier información dirigirse a:
School Specialty Publishing
8720 Orion Place
Columbus, OH 43240-2111

ISBN 0-7696-4228-4

1 2 3 4 5 6 7 8 9 10 EVN 10 09 08 07 06 05

Lectores relámpago

Hmm, qué rica mosca

de Paul Harrison
ilustraciones de Belinda Worsley

Columbus, Ohio

A la mosca le gustan todas las clases de comida.

Hmm, qué rica pizza.

Hmm, qué rica comida para perros.

Hmm, qué ricas papitas.

Hmm, qué rico refresco.

¡Berp!

¡Es hora del postre!

Hmm, qué rico budín.

Hmm, qué ricas rosquillas.

Mmmmm. Hmm, qué rica mosca.

Palabras que conozco

gustan	torta
mosca	hora
comida	helado
perros	clases

¡Piénsalo!

1. ¿Qué le gusta hacer a la mosca?
2. Nombra tres comidas diferentes que la mosca comió en el cuento.
3. ¿Qué le sucedió a la mosca?
4. ¿Por qué es divertido este cuento?

El cuento y tú

1. ¿Por qué no les gustan las moscas a las personas?
2. ¿Te ha arruinado una mosca alguna vez un picnic? Cuéntalo.
3. Una rana sorprendió a la mosca. ¿Puedes recordar una oportunidad en que te sorprendiste? ¿Qué sucedió?